LA

Dispute des Dogmatiques et des Empiriques

Par Emile GILBERT

Lauréat de l'Institut (Académie des Sciences).

> « Le raisonnement est nécessaire dans la
> « médecine, il rejette tout ce qui est obscur,
> « hors la science, mais non pas hors de
> « la pensée sage du médecin ».
> CELSE, in Præf. Lib. 1.

I

Question peu nouvelle, se dira-t-on en présence de ce titre.

Mais y a-t-il bien du *nouveau* sous le soleil, depuis qu'il éclaire le monde, et que ce monde est monde ?

Interrogez votre mémoire, interrogez vos livres, et vos jugerez de leurs réponses !

Ces témoins vous diront ce que le spirituel chansonnier Nadaud fait répondre à Pandore : « *Brigadier, vous avez raison* !

Or, depuis les maréchaux de la science et tous ses généraux, toute la hiérarchie de ceux qui y ont gagné leurs grades, jusqu'à ses plus simples et modestes brigadiers, tous seront d'accord sur ce point. — Ils seront sans doute contredits par les novateurs, quoique ces derniers n'aient non plus rien inventé !

Ce que bon nombre d'entre eux ont su faire pour créer du nouveau à tout prix, même en forçant la nature, est devenu une fatalité qui a introduit dans la science, le fardé pour le naturel, l'excessif pour le vrai. On en voit l'exemple tous les jours. Combien y en a-t-il de ceux qui, malgré cette même nature, malgré les faits les mieux accomplis, les plus probants, comme aussi les mieux prouvés, ne sont parvenus qu'à faire dire à l'égard de leurs prétendues nouveautés : « *Que ce n'est* « *pas inventer que de produire ce qui n'est bon qa'à éviter.* »

Car, qu'on ne s'y trompe pas ! Avec ces fanatiques tendances à tout innover, et cela dans presque toutes les branches de la science, aujourd'hui beaucoup songent moins à éclairer l'esprit qu'à l'éblouir.

Cette réflexion n'empêche point son auteur, et ceux qui pourront la partager, d'être les vrais amis du progrès ! Mais si on le voulait, on pourrait faire une ample moisson dans la collection des incidents qui en découlent, l'énumération en serait prodigieuse !

Il n'entre assurément pas dans notre idée de vouloir assumer ni la physionomie, ni le rôle du célèbre censeur Messire Caton ! Les censeurs ne sont plus écoutés ! Est-ce un bien ? Est-ce un mal ?

Nous ne nous sentons pas de force à soutenir la discussion, il vaut bien mieux en laisser le soin, comme l'appréciation, aux générations futures.

Il n'y a rien de nouveau sous le soleil ! Le Roi Salomon, dans sa haute sagesse, a bien su dépeindre une vérité, qui possède, comme de son temps, même force et actualité.

De tout temps, aussi, la contradiction a été, comme aussi elle existera toujours.

La « *Dispute de l'Antimoine* », que nous avons traitée dernièrement, n'est point non plus nouvelle en son genre.

De tous temps aussi Hippocrate a dit *Oui* ! De tout temps aussi Galien a dit *Non* !

Comme Guy Patin disait : *Non*, et comme les médecins chimistes du XVIIᵉ siècle disaient : *Oui*, c'est donc pour cette raison toute historique qu'il nous est venu à l'idée de traiter cette question : *Les Empiriques et les dogmatiques.*

II

Nous ne savons si vous partagez notre manière de voir au sujet des Empiriques, mais, à tort ou à raison, ce sont des types qui ne méritent pas de rester dans l'ombre du côté médical, où il sont absolus, mais aussi du côté philosophique, social, dans lequel ils comptent tant de descendants, car Dieu seul est à même de connaître tous ceux qui les suivent, de nos jours encore, dans tous les systèmes, non seulement, en médecine, en histoire, en philosophie, mais encore en.... . Arrêtons-nous là !

L'accord ne voulut jamais exister entre les Empiriques et les dogmatiques ; aussi leurs controverses eussent été immortelles, si eux-mêmes avaient pu le devenir.

Une base solide, à leur point de vue, sur laquelle ils établissaient le principal fondement de leurs discussions, c'est l'origine particulière de la médecine proprement dite.

Ils n'ignoraient point ses commencements qui étaient *empiriques*.

Il faut reconnaître aussi qu'ils n'étaient pas précisément dans l'erreur, puisque dès les obscurités du premier âge, la médecine fut privée de l'étude et des observations des sciences physiques, comme de l'explication des phénomènes dus aux constatations de l'anatomie.

Les Empiriques avaient en première ligne, dans l'exercice de leur art, *l'observation*, c'est-à-dire la définition des maux que le malade avait éprouvés, ou, pour mieux dire : l'histoire des souffrances de chacun.

A cette manière d'agir se joignait la *substitution*, c'est-à-dire l'essai d'une chose semblable, qu'ils faisaient après avoir comparé une maladie avec une autre maladie, une partie du corps avec une semblable, un remède éprouvé avec un remède de même nature. Dans les *dartres*, par exemple, ils appliquaient les remèdes des *écrouelles* ; dans les maladies des bras, ce qui s'était pratiqué dans celles des jambes !

Et pour être plus explicite, en envisageant à lui seul le médicament, s'ils jugeaient à propos de se servir d'un coing, utilisé dans leur médication à cause de l'*âcreté* de son principe, ils y substituaient la *nèfle,* dont l'âcreté n'est pas moindre !

L'observation, l'histoire et *la substitution*, étaient les trois points fondamentaux de leur art, ce que Glaucias, roi d'Illyrie, dit-on, et fanatique des Empiriques, nommait le : *trépied* de la médecine ! tant soit peu boiteux, car ce n'était pas avec ces trois points, compliqués *d'analogisme* et *d'épilogisme*, qu'ils pouvaient donner la conclusion des phénomènes sensibles à la cause ou lésion interne. Bref, leur système repoussa absolument toute physiologie, comme toute anatomie, prétendant que toutes ces connaissance, ne servaient qu'à nourrir des spéculations oiseuses, sans fruit pour l'art médical.

Leur principale thèse avait pour point d'appui ce principe : C'est que toutes les questions qui roulaient sur les *causes naturelles* étaient *bien plus dangereuses* qu'elles ne savaient être utiles, la nature étant incompréhensible, *et le médecin ne pouvant être guidé que par l'expérience !*

« Pourquoi, clamaient-ils alors aux dogmatiques, croire plutôt Hippocrate qu'Héro-
» phile ? Hérophile plutôt qu'Asclépiade ! Ils se contredisent perpétuellement dans
» les principes, comme dans les conséquences !

« Si on vous parle de cures, oh ! alors, vous affirmez que vous en faites ! Mais
« dites donc la vérité ! Avouez donc que c'est plutôt la faveur que vous attribue la
« nature ! Avec votre raisonnement on ne saura de quel côté se ranger, ni quel
« coursier enfourcher !

« Si l'on s'en rapporte à votre raisonnement, ô illustres savants ! qu'en advien-
« dra-t-il ?

« On vous entend discourir avec une égale probabilité !

« Il y en a parmi vous qui visent au titre pompeux *de rhéteurs.* Ceux-là s'expri-
« ment si bien, que leur talent oratoire masque toute vérité, qui, ainsi travestie, est un
« Protée pour toutes les recherches.

« Les moyens qu'emploie la nature sont différents selon la constitution des lieux.

« Un raisonnement qui convient pour l'Italie ne convient point pour l'Egypte ; et
« qui saura vous dire s'il ne serait pas pernicieux pour les Gaules ?

« Vous qui vous intitulez pompeusement Dogmatiques, Flambeaux de la science
« médicale, Lumières olympiennes d'Hygie ! (reconnaissez avec nous que ces antago-
nistes sont mieux policiés entre eux, même dans leur acharnement, que ne le furent
jamais Guy-Patin et ses satellites à l'égard de leurs contradicteurs, dans la brûlante
question de l'Antimoine). Les raisonnements vous enseignent-ils les mêmes choses
« que l'expérience, où vous enseignent-ils le contraire ?

« Si les raisonnements vous enseignent les mêmes choses que l'expérience, ils sont
« superflus !

« Or, si vous inférez quelque chose qui lui soit contraire, ils sont préjudiciables !

« Nous qui sommes éclairés par la vérité, nous ne considérons jamais les causes
« cachées des maladies, mais leurs causes évidentes, que comme le moyen le plus
« sûr d'en discerner les espèces, sans raisonner sur la manière dont ces causes agissent,
« sans nous mettre en peine d'autres choses que des remèdes que l'expérience nous
« indique ».

Alors le chœur des Dogmatiques, outrés d'une telle audace, reprenait son antienne,
le chapitre lançait *ex cathédra* son blâme, son excommunication, sur ces téméraires
disciples :

« Insensés téméraires ! Votre manière d'appliquer les remèdes ne pourra jamais
« être que fautive, si elle n'est guidée par le raisonnement !

« Un remède, quelque éprouvé qu'il soit, ne saurait être employé avec succès, si
« l'on ne connaît le tempérament du malade, comme aussi les accidents de la maladie ?

« Ne voyez-vous pas que les accidents, que toutes les circonstances en se modi-
« fiant peuvent rendre pernicieux ce qui, dans une autre occasion, aurait été utile. Ce
« n'est que l'étude de la nature qui est capable de mettre l'homme en état de sou-
« lager les maux ; c'est elle qui doit exciter dans le Médecin dogmatique un zèle
« d'autant plus louable pour ses malades, qu'il se rendra utile, plus que vous, ô
« utopistes ! en faisant des découvertes nouvelles. Notre origine, poursuivaient-ils,
« a pour fondateur un philosophe et un médecin, Pythagore et Hippocrate !

« Quant à la vôtre, obscurs savants et descendants d'esclaves, est-elle plus noble
« que la nôtre ? Vous êtes les fils d'Asclépiade, descendant d'Esculape, le premier
« empirique ! Qu'était-ce donc ! Un *rétheur*, qui ne pouvant vivre de son art, s'est fait
« médecin ! Il ignorait sa profession, la composition des remèdes et la médecine, deux
« choses alors indispensables, et bâtit sur cette ignorance le système que vous prônez.

« Il ne connaissait aucun médicament. Aussi dans l'embarras où il se trouvait de
« son peu de savoir, que faisait-il ? Il n'en ordonnait aucun ! Si, toutefois : tout ce qui
« ne signifiait rien et qui ne pouvait que faire plaisir aux malades et flatter leur goût !
« Ah ! ce n'est vraiment pas difficile d'être ainsi médecin ! Le premier venu peut
« indiquer les promenades, les conversations, les *belles phrases, l'abstinence du vin,*
« etc .... Avouez donc le contraire ? Vous n'avez point de raisonnement !

« Or, Hippocrate seul puisa le premier dans la philosophie pour retirer de ses
« principes une méthode raisonnée.

« Hippocrate ne peut se tromper, ni être trompé — *(Qui tam fallere quàm falli*
« *nescit* (1). Vous ne guérissez personne, ou vous tuez vos clients ! »

C'est ainsi que par une vérité (qui n'est pas toujours bonne à dire) les dogmatiques
terminent contre les empiriques ce virulent plaidoyer.

Malgré ces diatribes, ces derniers continuaient *unguibus et rostro*, à essayer de
faire tomber les dogmatiques sinon de leur chaise curule, du moins des escabeaux
professionnels d'où ils péroraient. Mais aussi, empirique ou dogmatique, on est
toujours homme, et la contradiction, dans la violence de la dispute, en vint à un tel
point, que le critique Cardan a relevé, dans les deux camps de ces batailleurs
champions, tant d'aveux, tant de sentiments contraires, qu'il en a composé douze livres,
qu'il serait important de consulter.

Comment finit la dispute ? Les dogmatiques se partagèrent en deux branches,
dont l'une suivit Hippocrate, et l'autre s'attacha aux maximes d'Asclépiade ! Contradiction mouvementée ! C'est alors que, jusqu'à la *nouvelle Ecole Méthodiste* qui
se fonda vers la fin du premier siècle de l'ère chrétienne l'anarchie se traduisit dans
l'exercice de la médecine. Dogmatiques et empiriques n'avaient plus leur querelles
verbales, mais sous une autre forme ils continuèrent leurs hostilités.

De même qu'à l'époque de la crise Antimoniale, il se trouvait sur la place Maubert,
à Paris, des officines *boutiques* dans lesquelles se perpétrait une effrénée et active

(1) Macrobe.

concurrence contre les adversaires du nouveau système, de même, il y eut, à Rome, les mêmes incidents.

Les empiriques en furent l'âme, certainement parmi eux ils s'en trouvaient d'honnêtes, mais d'autres éhontés exerçaient sans vergogne dans les boutiques. *Taberna medicorum* ! Là ils débitaient toutes sortes de drogues sans aucun discernement. Des empiriques de bas étage naquirent les *Herbarii*, les *Séplasiaires*, espèces de droguistes qui ne craignaient même pas, avec des substances inertes, de vendre dans une société en pleine décomposition, les poisons de Locuste chers à Néron et à ses vils courtisans !

Ces empiriques médecins et aussi pharmaciens, sont très bien burinés par Cicéron dans son magnifique plaidoyer (1) où la société Romaine est mise à nue

Il nous apprend, aussi, que parmi ces médecins, s'il y en avait de *vils*, il y en avait aussi d'honorables (*Utebatur autem medico ignobili* (2) *sed spectato homine*) !

Quoi qu'il en soit, documents historiques en mains, il appert que la divergence d'opinions, que les contradictions qui engendrèrent l'*antique dispute des Empiriques et des Dogmatiques*, donna lieu à un entraînement vénal, dans un monde où tout l'était et où la conscience des uns était à vendre comme celle des autres. Cette dispute, dont la fin se perd dans les nuages du temps, fut la cause d'une loi prohibitive, et là, comme dans la question de l'*antimoine*, les pouvoirs publics s'en émurent. Car ce fut contre cette tourbe ignorante et sans morale reconnue que Sylla rendit un nouveau décret, qui n'était que l'ancienne loi *Aquilia* exhumée. Ce décret ayant force de loi impliquait « que celui qui fait le mal, ce dont il se charge, est responsable des accidents causés par son impéritie. »

Nous croyons devoir nous arrêter ici, nous avons tracé quelques lignes que des érudits, plus experts que nous ne le sommes nous-même, étendront encore. On trouvera une mine vraiment riche dans les comiques latins, dans Plaute et dans les Satyriques, Juvénal et Martial, et dans les autres auteurs et historiens latins et grecs, une ample moisson de faits destinés à établir une histoire complètement documentée.

Pour nous, nous avons voulu tout simplement ériger un sommaire qu'une plume bien plus autorisée que la nôtre saura plus utilement développer.

Toutefois il faut remarquer, comme point historique et scientifique, que cette vaine dispute ne fut que momentanément funeste à l'art médical.

La création de la médecine méthodique donne lieu à l'apparition de médecins célèbres, tant dans les Grecs que dans les Latins. Les divergences d'opinion, les discussions, les systèmes, leur choix, engendrèrent *les éclectiques*, qui gardèrent ce qui était bon et éliminèrent ce qui était douteux et mauvais. Ce fut Galien, médecin grec, chef de cette brillante école, qui nous fait connaître de précieux commentaires sur Hippocrate et sur tous les médecins qui l'ont précédé ou suivi.

Néanmoins, quelques réflexions, susceptibles d'un regain d'actualité, trouveront ici leur place, en terminant cette esquisse.

(1) Cicéro (pro Cluentio).

(2) Obscur, inconnu, non noble.

Si les partisans de l'antimoine ne sont pas morts, on peut dire que ceux des Empiriques ne le sont point non plus.

L'Empirique a fait de nombreux élèves depuis son origine antique jusqu'à nos jours, là où la *commère médicale*, une de ses filles, jouit d'un crédit si puissant.

Il serait oiseux, fastidieux même de suivre pas à pas cet original énergumène dans sa course à travers la nuit des temps. Aussi demandons-nous grâce pour cette époque, et laissant cette vue panoramique, arrivons à une période plus près de nous, au siècle de Louis XIV.

Promenons-nous sur le Pont-Neuf, siège de cette faculté où des professeurs empiriques connus sous les noms de Mondor et de Tabarin, débitent avec emphase leur boniment. Ils prononcent des mots latins en vendant leurs remèdes et ont conservé de leurs ancêtres ce goût polyglotte que ces derniers possédaient aussi. Les Empiriques romains devaient parler un *tantinet* de grec pour avoir quelques succès. Au XVIIᵉ siècle, c'était la mode, tous les serviteurs et les servantes des médecins de la Comédie devaient parler latin. Le Pont-Neuf, sous le Grand Roi, était le palais des Empiriques de bas étage ! Ils y débitaient les compositions médicinales :

> « Vous, rendez-vous de Charlatans,
> « De filous, de passe volants
> « Pont Neuf, ordinaire théâtre,
> « De vendeurs d'onguents et d'empiâtre. » (1)

C'était là le rendez-vous des opérateurs et des vendeurs d'Orviétan, inventé par Hyeronimo Ferrante Orvieto, qui l'exploitait lui-même. Mais la personnalité de l'empirique par excellence, était celle de Desiderio Descombes, vêtu d'un habit rouge « *Scarlatano* » d'où vient le nom de *Charlatan* (peut-être aussi vient-il du verbe *Sciarlare*, bavarder).

Là ces empiriques vendaient *des pouldres à vers, pouldres en liqueur pour les douleurs de dents, breuvages pour coliques, ou mal de mère,* voire mesme *l'onguent pour la gale.*

Passe encore pour ces empiriques de bas étage, mais sous le règne du grand Roi il y avait des empiriques d'une certaine marque. Ceux-ci n'en étaient pas recherchés davantage pour cela, car les guérisseurs empiriques et pas du tout médecins, jouissaient d'une grande faveur.

Combien envoyèrent-ils à Louis XIV, à la veille de la grande opération de la fistule, dont ce monarque était atteint, de formules, de recettes empiriques, pour éviter le bistouri dans cette royale affection ?

Lisez Madame de Sévigné, et vous vous rendrez facilement compte de la vogue de cet empirique campagnard complètement illettré, dont elle cite le nom et dont un érudit a découvert le quatrain suivant sous son portrait ! (1)

> « Sans grec, ni latin, ni grands mots,
> « Avec une herbe, une racine
> « Ozanne guérit de tous les maux
> « Et surtout de la médecine.
> « On voit de toute part Ozanne avoir la vogue.
> « Dans le monde à présent, c'est le seul médecin
> « Qui guérit tous les maux, sans mixtion, ni drogue,
> « Sans grec, sans hébreu, sans latin !

(1) Paris burlesque de Berthod. Cet ignorant empirique, connu sous le nom d'Ozanne, était de Chandray, hameau de Seine-et-Oise.

Le croirlez-vous, toute la Cour y passa, jusqu'à Bossuet, qui malgré son dégoût pour cet énergumène ne put faire autrement que d'accorder à une religieuse de Meaux l'autorisation d'aller consulter le médecin empirique !

Le clergé d'alors comptait parmi ses membres des empiriques qui s'affichaient hautement.

Le frère Ange capucin, qui distribue un *opiatte avec un syrop mésentérique et épatique*, résidant boulevard Saint-Antoine.

Le frère Pierre des Jacobins, qui fait des recherches dans la chimie. Au faux-bourg Saint Germain.

Le curé d'Evry, qui donne une boisson sudorifique dont la chaleur use la cause de la maladie !

M. Le Prieur (Prieur de Cabrie), rue de la Roquette, est fort célèbre pour un apéritif, propre à déboucher les *opilations* dans les deux sexes !

Arrêtons-nous ici.

Si Molière a cinglé la médecine et les médecins comme il l'a fait, à qui la faute ?

La faute en revient aux empiriques, ignorants fieffés, soutenus par le pouvoir royal, en dépit du bon sens.

Car les empiriques (et ce détail est peu connu), furent les premiers maîtres de Molière. (1)

Ce sont eux qui lui donnèrent l'idée de se moquer de la médecine, puisque l'on prétend, d'une façon très sérieuse et prouvée, qu'il fut l'élève de Scaramouche, célèbre charlatan empirique, qui, vers l'année 1630, sous les piliers ds Halles, vendait ses remèdes, non loin de la maison où vint au jour Jean-Baptiste Poquelin, l'auteur du *Malade Imaginaire*.

Là se termine notre brève étude.

Puisse-t-elle offrir quelque intérêt, à ceux qui voudront bien en faire la lecture.

C'est un pendant à la Dispute de l'Antimoine.

Il n'y a rien de nouveau sous le soleil, nous le disions en commençant, nous le répétons en finissant. Les opposants aux systèmes soit médicaux, soit scientifiques, ont été et sont encore légion, tous veulent faire prévaloir leurs idées, et surtout faire *prendre leur Ours.* Malheureusement, en médecine comme en pharmacie, l'empirisme vit encore, et la réclame effrénée chante ou déclame à plein gosier ce que chantait le XVII⁰ siècle dans la circonstance :

> J'ai Monseu, de fort bons remèdes,
> Vous dit l'un (J'amais Dieu ne m'ayde)
> Pour ce mal que vous savez;
> Croyez-mol, Monseu, vous pouvez
> Vous en servir sans tenir chambre,
> Voyez, il sent le musc et l'ambre,
> C'est du Mercure préparé,
> Et jamais Ambroise Paré
> Ne laissa semblable remède.

Tout finit par des chansons ! Mais malheureusement on paie ! Aussi dans ce temps

(1) J. Loiseleur. Points obscurs de la Vie de Molière.

comme dans le nôtre il fallait, comme il le faudrait aujourd'hui, se dépêcher à prendre le remède pendant qu'il guérit. Vertu qui dure pendant la *vogue*, et qui finit avec elle ! *Tout le monde veut être trompé* a dit B. de Palissy.

Rabelais, lui aussi a dit une parole qui peut bien s'appliquer à cet engouement des charlatans : (1)

« Un porteur de cymballes, un mulet chargé de rogatons, attireraient dans les carrefours des rues bien plus de multitude que ne le ferait le meilleur prédicateur évangélique ! »

C'est sur cette vérité incontestable que nous terminons ce travail, pour lequel nous sollicitons, comme pour ses devanciers, toute l'indulgence qui lui est si nécessaire.

Or, que sont devenus, pour les générations actuelles, tous les noms des acteurs de ces combats scientifiques et humoristiques ? ils sont ensevelis dans l'oubli.

Sydenham avait donc bien raison lorsqu'il disait : De quoi me servira, quand je serai mort, que les huit lettres qui forment mon nom soient prononcées dans la suite des temps par des gens qui n'auront pas plus d'idée de moi, que j'en ai d'eux maintenant ?

Mais, ajouterons-nous, quand les devoirs ont été bien remplis, la véritable ambition doit être satisfaite.

(1) Rabelais ne repoussait cependant pas la méthode empirique. Le faisait-il par farce ? tout le ferait croire, il opérait comme eux par *substitution*.

On raconte qu'étant au service du Cardinal du Bellay, les médecin ordonnèrent une tisane apéritive à son Eminence. — Rabelais chercha lui-même, sans le trouver, l'apéritif. Que fit-il alors ? il plongea un trousseau de clefs dans une marmite pleine d'eau, qu'il fit bouillir en agitant constamment les clefs. Les médecins le trouvant dans cet appareil, lui demandèrent ce qu'il faisait, à quoi il répondit : « Messieurs, « j'accomplis votre ordonnance, je n'ai pas sous la main l'apéritif et je lui substitue des clefs car rien « n'est si apéritif qu'elles ».

Imprimerie du Centre Médical. — *A. HERBIN, Montluçon.*

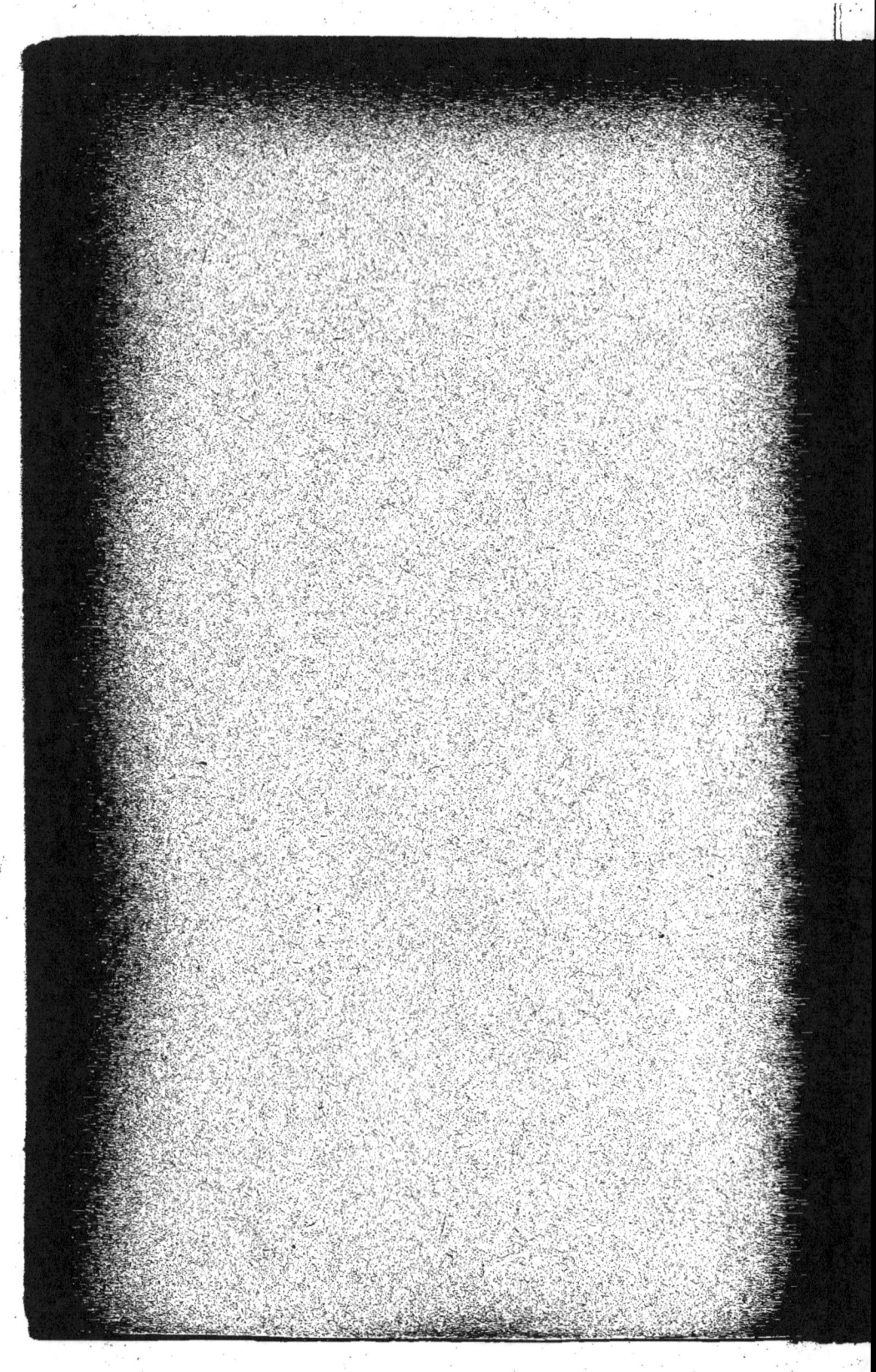

www.ingramcontent.com/pod-product-compliance
Lightning Source LLC
Chambersburg PA
CBHW061527170626
46811CB00004B/1883